1

Undercover ausgeliefert

Du kennst deinen Mörder

Bernd Kubanz

Inhaltsverzeichnis

Erwachen

Die Lichter taten ihr in den Augen weh. Sie versuchte, ihre rechte Hand zu heben, schaffte es aber nicht. Ihr Kopf lag schwer und unbeweglich auf etwas, das sich hart und heiß anfühlte. Etwas stimmte nicht mit ihrem Gesicht, das Ziehen und Brennen unterhalb ihrer Augen erschreckte sie. Es schien, als hätte sie einen Sonnenbrand. Ihr Puls beschleunigte sich, Schweiß trat ihr auf die Stirn, das Blut rauschte durch ihre Schläfen.

Das Einzige, was sie spürte, waren rasende Kopfschmerzen. Alles an ihr war taub, wie narkotisiert, sie fühlte weder ihre Beine noch ihre Arme, nicht einmal ihre Brüste oder ihren Unterleib. Da sie ihren Kopf nicht bewegen konnte, war es unmöglich, festzustellen, ob sie nackt oder angezogen war. Eines wurde ihr aber schon nach wenigen Sekunden klar, sie war absolut hilflos. Wer immer sie in diese Lage versetzt hatte, besaß die absolute Kontrolle über sie. Das machte ihr Angst. Sie wusste nicht, warum ausgerechnet diese Vorstellung für sie so furchteinflößend war, bestand doch die Möglichkeit, dass sie gelähmt oder amputiert war, immerhin spürte sie ihre Gliedmaßen nicht mehr. Obwohl der Gedanke, jemand könnte bei ihr sein, sie in Panik versetzte, öffnete sie den Mund und begann zu sprechen.

»Hallo«, sagte sie.

Hatte sie gesprochen?

Es war nichts zu hören gewesen, außer der Stimme in ihrem Kopf. Sie versuchte es erneut, konzentrierte sich ganz auf das, was sie sagen wollte. Kein Laut war zu hören.

»Oh mein Gott!«

Nichts. Stille. Nur das Pochen ihres Herzens. Sie riss und zerrte an ihren Armen und Beinen, wandte alle Kraft auf, um den Kopf ein wenig zu heben. Sie lag da wie tot. Im Kopf nur diesen einen Gedanken, der wie aus dem Nichts aufgetaucht war und immer mehr von ihr Besitz ergriff. Sie war gefangen, schutzlos jemandem ausgeliefert, der sie absichtlich in diesen Zustand versetzt hatte, weil er etwas mit ihr vorhatte, bei dem sie sich nicht rühren durfte.

»Hallo!«

Sie war stumm. Auch ihre Stimmbänder waren gelähmt. Die Zunge war noch da, daran konnte es nicht liegen. Man hatte etwas mit ihrem Kehlkopf gemacht. Spürte sie da nicht einen Verband am Hals oder war das nur eine Einbildung?

»Hallo!«

Ein Schatten huschte über sie weg, sie blinzelte rasch einige Male, riss dann die Augen auf, so weit sie konnte. Es wurde erneut dunkel über ihr, etwas schob sich vor die grellen Lichter, die direkt auf ihr Gesicht gerichtet waren. Sie erkannte die Umrisse eines Kopfes, lange Haare, schmales Profil, eine Hand vor ihren Augen, die Finger lang und dünn.

Eine Frau.

Allmählich erkannte sie Einzelheiten dieses Gesichts. Große

Augen, blau, klar, lange Wimpern, eine schmale Nase, dünnlippiger Mund, weiße Zähne. Die Frau sagte etwas, ihre Lippen bewegten sich. Sie drehte sich nach links, nickte ein oder zwei Mal. Dann eine Explosion. Es hörte sich an wie ein Pistolenschuss, direkt neben ihrem Ohr.

»Hören Sie mich jetzt?«

Die Stimme einer Frau. Wieder antwortete sie, wieder war nichts zu hören.

»Sie bewegt die Lippen.«

Sie wusste nicht, wer das gesagt hatte. Es war jemand, der sich links von ihr befinden musste.

»Ja, ich habe es gesehen«, sagte die Frau, die noch immer voller Neugier auf sie hinabsah.

»Blinzeln Sie, wenn Sie mich verstehen. Einmal für Ja, zweimal für Nein.« Sie blinzelte einmal.

»Sehr gut!«, lobte die Frau. »Ich bin Ärztin. Mein Name ist Lena Schmitt. Sie sind in der Universitätsklinik. Machen Sie sich keine Sorgen.«

Sollte das ein Witz sein?

Sie sollte sich keine Sorgen machen?

Sie lag gelähmt in einer Klinik, konnte nicht sprechen und hatte bis gerade eben nicht einmal bemerkt, dass jemand bei ihr war, und diese Frau wollte ihr weismachen, dass alles in Ordnung wäre?

»Wir haben alles unter Kontrolle.«

Unter Kontrolle? Von was redete diese Frau eigentlich?

»Können Sie mir einige Fragen beantworten?«

Sie blinzelte rasch.

»Gut. Erinnern Sie sich daran, was passiert ist? Nein? Das habe ich befürchtet. Ok. Machen Sie sich keine Gedanken, das ist ganz normal.«

Normal?

»Wissen Sie noch, wie Sie hierhergekommen sind? Nein … das dachte ich mir.«

Die Ärztin machte eine kurze Pause, man sah ihr an, dass sie über etwas nachdachte.

»Können Sie mir sagen, wie Sie heißen?«

Sie wusste es nicht!

Ihr Kopf war vollkommen leer, fieberhaft dachte sie nach, aber da war buchstäblich nichts. Sie wusste weder ihren Namen noch ihre Adresse, sie wusste nicht einmal, wie sie aussah.

»Keine Panik! Bitte, beruhigen Sie sich«, sagte die Ärztin. »Es gibt keinen Grund zur Sorge! Glauben Sie mir. Das ist alles ganz normal. Ihr Zustand wird sich sehr bald schon bessern. Ich weiß, sie können ihre Arme und

Beine nicht spüren, aber das ist nicht schlimm. Das geht vorbei.«

»Sollen wir die Dosierung erhöhen?« Eine Krankenschwester trat von links an das Bett heran.

»Nein, es ist besser, wenn Sie das Bewusstsein so schnell wie möglich wiedererlangt. Haben Sie Schmerzen?« Sie blinzelte zweimal. »Das freut mich.«

»Was ist mit mir passiert?«, schrie sie lautlos aus vollem Hals.

»Frau Doktor!«, sagte die Schwester und deutete auf etwas über dem Bett. Wahrscheinlich waren es Monitore, mit denen ihre Vitalfunktionen überwacht wurden.

»Ich sehe es«, antwortete die Ärztin und beugte sich etwas weiter zu ihr hinab. »Bitte bleiben Sie ruhig. Aufregung schadet Ihnen nur. Ich nehme an, Sie wollen wissen, was mit Ihnen los ist.«

Sie blinzelte einmal.

»Es geht Ihnen so weit gut. Sie hatten ... einen Unfall, bei dem Sie schwer verletzt worden sind. Die Lähmungserscheinungen sind eine Folge des Komas. Bitte! Warten Sie, hören Sie mir zu! Sie hatten einen Herzstillstand, doch waren Sie nur zwei Tage im Koma und sind von selbst wieder aufgewacht. Ihre Verletzungen sind nicht so schwer, dass sie dauerhafte Schäden hinterlassen werden. Sie werden wieder vollkommen gesund, haben Sie mich verstanden?«

Sie blinzelte einmal. Erleichtert war sie dennoch nicht. Sie wollte sich sehen, wollte wissen, von welchen Verletzungen die Ärztin sprach. Wenn sie ihr nur irgendwie verständlich machen könnte, was sie wollte.

»Ich muss jetzt ...«, begann die Ärztin.

Weiter kam sie nicht. Eine Tür öffnete sich und mehrere Personen betraten den Raum. Die Krankenschwester trat sofort vom Bett zurück. Drei Männer erschienen, einer davon trug einen weißen Kittel, die beiden anderen schwarze Anzüge.

»Ich bin Professor Schöller«, sagte der Arzt. »Diese beiden Herren sind Kollegen von Ihnen.«

»Sie leidet an Amnesie, Herr Professor«, sagte die Ärztin rasch.

»Ich verstehe. Dann kann ich nichts für Sie tun, meine Herren. Sie müssen warten.«

Der Professor machte eine Geste in Richtung Tür.

»Wir können nicht warten«, sagte einer der Männer.

»Es wird ihnen nichts anderes übrig bleiben. Die Patientin ist nicht vernehmungsfähig.«

»Herr Professor, es geht um Leben und Tod. Wenn sie uns nicht ...«

»Seien Sie froh, dass ihre Kollegin noch am Leben ist. Nach allem, was man ihr angetan hat, ist ...«

»Vanessa!«, sagte einer der Männer und drängte sich an dem Mediziner vorbei ans Bett. Er war etwa fünfzig Jahre alt, hatte kurzes, dunkles Haar, das an den Schläfen bereits grau zu werden begann, und ein faltiges, sonnengebräuntes Gesicht. Seine grauen Augen waren klar und wachsam.

»Vanessa! Erkennst du mich wieder?«

Vanessa? War das ihr Name? Und weiter? Was wusste der Mann noch?

Warum sagten sie dauernd, sie sei die Kollegin der beiden Männer? Sie blinzelte zwei Mal.

»Ja oder nein? Was will sie mir sagen?«

»Meine Herren!«, mischte sich der Professor ein. »Verlassen sie auf der Stelle die Intensivstation!«

»Sie sagt nein!«

Es war die dünne, hohe Stimme der Krankenschwester.

»Ok. Ich bin Ben, das ist Jo, wir arbeiten zusammen beim BKA. Erinnerst du dich an deinen Auftrag? Kannst du mir irgendetwas über den Mann sagen, hinter dem du her warst?«

Vanessa war viel zu überrascht, um antworten zu können. BKA? Sie war eine Polizistin?

»Verschwinden Sie oder ich rufe den Sicherheitsdienst!«

Der Professor packte Ben am Arm und versuchte, ihn vom Bett wegzuziehen. Jo fasste ihn am Handgelenk.

»Ah! Wollen Sie mir den Arm brechen? Ich zeige Sie an, Sie …«

»Vanessa! Konzentrier dich! Bitte! Erinnerst du dich an etwas? Jede Kleinigkeit ist wichtig.«

Sie blinzelte zweimal.

»Sie sagt ...«

Ein zorniger Blick von Ben brachte die Krankenschwester zum Schweigen.

»Danke, das ist mir inzwischen auch klar«, zischte Ben ungeduldig. »Ok, dann kurier dich aus. Wir bleiben in deiner Nähe. Hier bist du in Sicherheit. Ich stelle ein paar Leute ab, die dich rund um die Uhr bewachen. Der Dreckskerl kommt nicht an dich ran, verlass dich darauf. Aber du musst dich erinnern!«

»Das reicht jetzt!«, fauchte der Professor und fing an, hektisch auf seinem Handy herumzudrücken. »Soweit kommt es noch, dass ich mir in meiner Klinik Anweisungen erteilen lassen muss.«

Jo nahm dem Mann das Handy ab.

»Sie rufen niemanden an! Dass sich Frau Berger in dieser Klinik befindet, unterliegt strengster Geheimhaltung. Sollte Frau Berger durch eine Indiskretion von Ihnen in Gefahr geraten, kann ich Ihnen garantieren, dass Sie in Zukunft irgendwo in einem flohverseuchten Nest in Indien Leprakranke behandeln.«

»Was erlauben Sie sich? Wollen Sie mir etwa drohen?«

»Das ist keine Drohung, Herr Professor, das ist eine Prophezeiung. Wir arbeiten im Auftrag der Regierung an einem Fall ...«

»Ich kenne Persönlichkeiten in höchsten Positionen, also glauben Sie bloß nicht, Sie ...«

»Das Wissen von Frau Berger ist von größter Bedeutung für die nationale Sicherheit«, sagte Ben mit fester Stimme und fixierte den Professor in einer Weise, dass dieser sofort verstummte.

»Sollten Sie sich uns in den Weg stellen oder in irgendeiner Weise verhindern, dass Frau Berger mit uns reden kann, werde ich persönlich dafür sorgen, dass man Sie anklagt.«

»Mich anklagen?«, rief der Professor mit einer Mischung aus Hohn und Ängstlichkeit. »Weswegen denn? Weil ich mich gegen Polizeiwillkür zur Wehr setze?«

»Weil Sie eine Bundesbehörde vorsätzlich bei der Verfolgung einer terroristischen Vereinigung behindern.«

»Wie bitte?«

»Sie haben meinen Kollegen verstanden«, sagte Jo trocken. »Terroristen-Sympathisanten sind bei Politikern in diesem Land nicht sehr beliebt. Mal sehen, was die Dame im Bundeskanzleramt dazu meint, wenn wir ihr mitteilen, dass der Herr Professor ...«

»Jetzt machen Sie mal einen Punkt!«, schrie der Professor hysterisch und wischte sich hastig mit dem Handrücken den Schweiß von den Augenbrauen.

»Machen Sie doch, was sie wollen! Aber merken sie sich das, ich lehne ab sofort jede Verantwortung für den Zustand dieser Frau ab!«

Vanessa hatte das Gefühl, als würde ihr jemand mit einem Hammer auf den Kopf schlagen, so sehr schmerzte sie das Gebrüll.

»Wir kommen wieder«, sagte Ben und lächelte. »Machs gut, Nessa!«

Jo hob die rechte Hand und verabschiedete sich. Sie sah ihn an und fragte sich, warum er sie mit einem Blick betrachtete, aus dem nicht nur Sorge, sondern auch so etwas wie Freundschaft und vielleicht sogar Liebe sprach. Jo war sicher schon über 40 Jahre alt.

Waren Sie ein Paar?

Plötzlich wurde ihr bewusst, dass sie nicht wusste, wie alt sie war.

»Was ist los?«, fragte Jo. »Du erinnerst dich auch an mich nicht, stimmt's?«

Seine Stimme klang traurig. Sie blinzelte zweimal.

»Jo ist nicht nur dein Ausbilder, er ist auch dein Vorgesetzter, er hat in den letzten zwei Jahren mehr Zeit mit dir verbracht, als irgendjemand sonst«, sagte Ben.

»Er hat dich für diesen Undercover-Auftrag ausgewählt und Verbindung zu dir gehalten. Jo war der Letzte, den du angerufen hast. Er hat sofort die Jungs in Marsch gesetzt. Wäre er nicht gewesen, hätten dich die Kerle zu Hackfleisch verarbeitet. Jemand hat deine Tarnung auffliegen lassen. Dieser Verräter ...«

»Ben!« Jo schüttelte unmerklich den Kopf. »Ich komme wieder, so bald ich kann, versprochen. Jetzt ruh dich aus, Nessa!«

Vanessa war völlig durcheinander. Undercover-Auftrag? Sie war eine Geheimagentin des BKA, die eine terroristische Vereinigung ausgespäht hatte und von irgendjemandem verraten worden war? Man hatte sie hinrichten wollen? Oder war sie gefoltert worden?

»Verfluchte Scheiße!«, schimpfte Ben leise, als er an der Tür stand. »Die haben sie ja schlimm zugerichtet. Ich hoffe, sie wird wieder.«

Die Tür schloss sich. Vanessa
hatte Bens letzte Worte gehört.
Sie hielt es nicht mehr aus, sie
musste wissen, was die Terroristen mit ihr gemacht hatten.

Amnesie

Als Ben und Jo sie verlassen hatten, war es kurz nach elf Uhr gewesen, soviel hatte sie nach endlosem Hin und Her von der Krankenschwester erfahren, deren Name Evi lautete. Vanessa konnte an den Blicken der jungen Frau erkennen, wie schlimm sie aussehen musste. Die übertrieben vorsichtige Art, mit der Evi an ihrem Körper hantierte, wenn sie Infusionen oder Verbände wechselte, machte sie fast wahnsinnig. Vor allem, weil die Verbände auf eine Weise beschmutzt waren, die

Vanessa nicht einordnen konnte.

Es sah nicht aus wie Blut, zumindest nicht wie »normales« Blut.

Was zum Henker war nur mit ihr los?

Immerhin wusste sie nun wenigstens, warum sie der Gedanke, in der Gewalt von jemandem zu sein, so sehr erschreckt hatte, als sie wieder zu sich gekommen war. Anscheinend hatte ihr Unterbewusstsein sie warnen wollen oder ihr Emotionen gesendet, die darauf hinwiesen, dass tief in ihr die Erinnerung an das Erlebte noch sehr lebendig war.

Doch ihr Gedächtnis funktionierte noch immer nicht. Auch Stunden später war sie nicht in der Lage, sich an irgendetwas zu erinnern, was mit dem BKA oder ihrer Mission zu tun hatte. Nur Wissensbruchstücke tauchten aus der Finsternis in ihrem Inneren auf und trieben ziellos auf dem Ozean ihrer Ratlosigkeit dahin.

Sie musste sich lange Zeit mit Psychologie beschäftigt haben, denn sie ertappte sich immer öfter dabei, wie sie sich selbst analysierte.

War sie eine Profilerin gewesen?

Ben hatte gesagt, sie sei eine Agentin in geheimer Mission.

Vielleicht war sie auf ihre Menschenkenntnis angewiesen gewesen? Gut möglich, wenn man als Spitzel in so eine Gruppe eingeschleust wird. Aber sie glaubte nicht, dass sie ein Spitzel gewesen war. Vanessa wusste erstaunlich gut über Waffen und die menschliche Anatomie Bescheid. Sie kannte alle Schwachstellen des menschlichen Körpers und war bestens vertraut mit verschiedenen Kampfstilen. Es war ihr zwar nicht möglich, diese Bewegungsabläufe zu benennen, die ihr in immer größerer Zahl in den Sinn kamen, aber es war offensichtlich, dass es sich um

Kampfsport-Techniken handelte.

War sie ein Killer?

Es sah ganz so aus.

Dann war sie kein Spitzel, sondern eine Attentäterin?

Hatte sie den Auftrag gehabt, den Mann, den Ben »Dreckskerl« genannt hatte, zu töten?

Sie konnte diese Frage nicht beantworten. Sobald sie ihr Gedächtnis nach Antworten auf Ereignisse in der jüngsten Vergangenheit durchsuchte, tappte sie völlig im Dunkeln. Ich schütze mich selbst, dachte sie. Eine typische Reaktion von Menschen, die etwas erlebt haben, mit dem ihre Psyche nicht fertig wird. Aber wieso konnte sie dann so wissenschaftlich nüchtern über sich selber urteilen? Eigentlich sollte der bloße Versuch, sich zu erinnern, eine starke emotionale Abwehrreaktion hervorrufen.

War sie auf solche Situationen vorbereitet worden?

Hatte man sie beim BKA eigens dafür ausgebildet, solchem Stress standzuhalten?

Denkbar. Aber warum dann die totale Amnesie?

Vanessa atmete tief durch und versuchte, sich zu sammeln. Die Antwort lag direkt vor ihr, doch sie erkannte sie nicht. Sie musste sich beruhigen und ihrem logisch denkenden Verstand eine Chance geben, die Puzzleteile in aller Ruhe zusammenzusetzen.

Gegen 15 Uhr sah sie die Antwort in den Augen von Schwester Evi, als diese kam, um die Verbände zu kontrollieren. Es war das erste Mal, dass die Verbände an ihrem Kopf gewechselt werden sollten.

Das war es also! Ein Hirntrauma! Man hatte versucht, ihren Schädel zu zertrümmern. Vanessa spürte, wie ihr Körper mit Adrenalin geflutet wurde. Die Apparate neben ihr begannen, zu piepsen und zu brummen. Evi riss erschrocken die Augen auf.

»Frau Berger, nicht aufregen!«,
stieß sie atemlos hervor.

»Evi ...!«

Vanessa stockte. Hatte sie gerade
eben wirklich ihre eigene
Stimme gehört? Die Krankenschwester war nicht weniger
überrascht.

»Frau Berger!«, sagte sie und
zwang sich ein Lächeln ab. »Sie
können wieder sprechen! Ich
sage sofort der ...«

»Nein! Bitte ... nicht.«

»Es tut mir leid, aber das geht
nicht. Die Ärztin muss es wissen.
Man hat mir gesagt, dass ich
jede Änderung Ihres Zustands
sofort melden muss.«

»Bitte ... später ... ok?«

»Warum denn? Worüber regen Sie sich denn so auf? Ihre Werte sind viel zu hoch.«

»Ich muss ... es sehen. Bitte!«

Evi wurde mit einem Mal ganz grau im Gesicht. Hilfesuchend sah sie sich nach der Tür um, wahrscheinlich hätte sie am liebsten laut um Hilfe gerufen. Alles an ihr drückte aus, wie gerne sie in diesem Moment davongelaufen wäre. Sie ahnte wohl, was kommen würde.

»Einen ... Spiegel.«

»Frau Berger tun sie das nicht.«

»Bitte.«

Evi zögerte, sah sich noch einmal nach der Tür um, blickte hinab auf Vanessa, drehte sich wieder um, und sah hinauf zu den Kameras, die an den Wänden installiert waren.

»Ich darf das nicht ohne Erlaubnis der Ärztin machen.«

So schlimm war es also! Sie dachten, Vanessa könnte beim Anblick ihres Spiegelbilds einen Schock erleiden. Nur mit Mühe gelang es ihr, ruhig zu bleiben. Sie durfte Evi jetzt nicht unter Druck setzen.

»Bitte!«, wiederholte Vanessa.

»Nur ... einen ... Blick.«

»Ok.«

Evi brachte einen Handspiegel ans Bett und drückte das Glas gegen ihre mädchenhafte Brust.

»Versprechen Sie mir, sich nicht aufzuregen?« Vanessa blinzelte einmal.

»Ja.«

Der Anblick ihres bandagierten Kopfes ließ Vanessa schlagartig das Blut in den Adern gefrieren. Von ihrem Gesicht war kaum etwas zu erkennen. Alles war dunkelrot und blau verfärbt. Ihre Nase war auf die doppelte Größe angeschwollen, ihre Lippen ebenso, die Augen blutunterlaufen, an der linken Braue erkannte sie die Fäden einer Chirurgennaht. Der Rest des Kopfes war unter dicken Verbänden verborgen. Sie hatte also richtig vermutet, man hatte

ihren Schädel zu brechen versucht. Sie atmete tief durch.
Bloß keine Panik, ihr Puls durfte
nicht zu hoch steigen, sonst
würde Evi den Spiegel sofort
wegnehmen.

»Danke!«, stöhnte Vanessa.

»Alles ok?«

Der Spiegel in Evis Hand zitterte.

»Weiter ... bitte.«

»Sie meinen ihren Körper? Tun
Sie das nicht, glauben Sie mir,
das ist nicht gut für Sie. Warten
Sie, bis es Ihnen besser geht. Bis
Morgen, ja?«

»Bitte!«

Evi bewegte den Spiegel den
Körper entlang. Vanessa sah nur

eine leichte Krankenhausdecke -
und ihre Arme. Sie waren
eigentlich ganz in Ordnung. Erst
auf den zweiten Blick erkannte
sie Blutergüsse an den Hand-
gelenken und Knöcheln.
»Die Decke.«
Evi seufzte. Nach einem furcht-
samen Blick zu den Kameras
und zur Tür schlug sie die Decke
zurück. Dann das dünne Hemd,
mit dem man ihren Oberkörper
bedeckt hatte. Vanessa biss die
Zähne zusammen, als sie ihre
Brüste sah. Man konnte sie
wegen der Pflaster und dem Ver-
bandsmaterial kaum erkennen,
aber das, was man sah, war
schrecklich. Es hatte den

Anschein, als habe ein wildes Tier versucht, ihre Brüste abzureißen. Am Bauch waren mehrere Stellen mit einer anderen Art von Verbänden bedeckt.

»Brandwunden«, erklärte Evi mit zittriger Stimme. Mehr wollte Evi nicht zeigen.

»Warum?«, fragte Vanessa.

»Nicht den Unterleib«, bettelte die Krankenschwester. »Frau Berger tun Sie sich das nicht an. Die Kerle, die Sie misshandelt haben, sind keine Menschen, das sind Monster.«

»Evi ...!«

Die Krankenschwester biss sich auf die Unterlippe, als sie Vanessa zeigte, was diese unbedingt sehen wollte. Ihre Hand zitterte, ihre Augen waren auf Vanessa gerichtet, die atemlos dalag und in den Spiegel blickte. Dann traten ihr die Tränen in die Augen. Evi nahm schnell den Spiegel weg.

»Frau Berger, es tut mir so leid!«, sagte die Krankenschwester und zog die Decke wieder über Vanessa.

»Nicht ... Ihre Schuld.«

Vanessa weinte. Wer auch immer das getan hatte, er war ein perverser Sadist. Man hatte ihre Genitalien verstümmeln wollen, Brüste und Unterleib waren grauenhaft entstellt. Man hatte ihr Gesicht unkenntlich gemacht, ihre Hände zerschunden und die Schenkel verunstaltet. Alles, was an einer Frau erotisch und attraktiv wirkte, war mit maßloser Wut attackiert und zerstört worden. Das war das Werk eines Mannes, der sie begehrt hatte. Er hatte ihren Körper geliebt, deswegen hatte er sich nicht damit zufriedengegeben, sie einfach zu töten. Seine rasende Enttäuschung über die Erkenntnis, dass sie eine BKA-Agentin war, hatte ihn dazu getrieben, sie zu misshandeln und ihr das zu nehmen, was er nicht mehr haben konnte.

Vanessa ahnte allmählich, was passiert sein musste. Sie war als

Venus eingeschleust worden, als Prostituierte oder Callgirl oder vielleicht als Sekretärin. Wie auch immer sie in die Organisation eingedrungen war, sie hatte es wohl geschafft, die Aufmerksamkeit des Mannes auf sich zu lenken, den das BKA haben wollte. Und der war, nach allem, was Ben und Jo gesagt hatten, ein Terrorist, der eine Gefahr für die nationale Sicherheit darstellte.

Jetzt war auch klar, warum sie beschützt werden musste. Sicher war es ein Leichtes für diesen Mann, einen oder mehrere Killer unbemerkt in die Klinik zu schmuggeln mit dem Auftrag sie zu töten. Gerade als sie das gedacht hatte, ging ruckartig die Tür auf und ein Mann betrat den Raum. Evi stieß einen leisen Schrei aus.

Der Auftrag

Er war groß, gut aussehend und muskulös. Unter dem weißen Poloshirt erkannte man seinen durchtrainierten Oberkörper. Dazu trug er Jeans und schwarze Halbschuhe. Seine kräftigen Arme waren von dicken Adern überzogen, seine riesigen Hände wirkten schon aus der Entfernung wie todbringende Waffen. Vanessa konnte sich nicht daran erinnern, ihn je zuvor gesehen zu haben.

Er sah aus wie ein Model. Kantiges Gesicht, Drei-Tage-Bart, schmaler Mund, kurze Haare.

Seine braunen Augen strahlten Wärme und Friedfertigkeit aus, nicht Hass und Kaltblütigkeit. Die Gesichtszüge verrieten absolut nichts über seine Gemütsverfassung. Wenn dieser Mann gekommen war, um sie zu ermorden, konnte er seine Absichten gut verbergen.

»Was soll dieser Auftritt?«, fragte Evi ängstlich. »Ich rufe die Ärztin, wenn Sie nicht sofort gehen.«

Der Mann vergewisserte sich noch einmal, dass die Tür hinter ihm fest verschlossen war, dann ging er langsam auf das Bett von Vanessa zu. Er griff mit der rechten Hand nach hinten und zog eine Pistole aus dem Halfter. Evi wich entsetzt zwei Schritte zurück und stieß gegen einen Hocker.

»Bitte nicht!«, flehte sie mit tonloser Stimme.

Der Mann blieb direkt neben Vanessa stehen, legte die Waffe auf deren Nachtisch und setzte sich auf einen Stuhl.

»Hi Nessa«, sagte er.

Seine Stimme klang tief und weich.

»Du weißt nicht, wer ich bin, oder? Ben und Jo haben mir gesagt, dass du an Amnesie leidest. Ich bin Chris. Wir waren zusammen bei Sergej.«

Er sah sie fragend an.

»Unser Auftrag?«

Vanessa schüttelte ganz leicht den Kopf.

»Ich hole jetzt die Ärztin«, sagte Evi schüchtern. »Nehmen Sie die Waffe weg.«

»Die Waffe bleibt, wo sie ist. Ich bin zu Vanessas Schutz hier. Holen Sie ruhig die Ärztin und sagen Sie ihr gleich, sie soll sich beim BKA nach Chris Baumann erkundigen.«

Er streckte der Krankenschwester seinen Dienstausweis entgegen. Evi nahm ihn, las und gab ihn an Chris zurück.

»Es tut mir leid«, stotterte Evi.

»Schon ok«, antwortete Chris.

»Ich würde mich gerne mit

Nessa unterhalten. Sie kann zwar nicht reden, aber ...«
»Doch«, sagte Vanessa.
Chris lächelte und nickte. Dann wandte er sich an Evi.
»Wenn das so ist, möchte ich Sie bitten, uns einen Moment alleine zu lassen. Was ich zu sagen habe, ist streng geheim.«
»Natürlich.«
Chris wartete, bis die Krankenschwester das Zimmer verlassen hatte.
»Du kannst dich an nichts erinnern?«, begann er. »Wirklich an gar nichts?«
»Nein«, sagte sie leise.
Er sah sie an und sein Blick verfinsterte sich, um seine Mund-

winkel herum zuckte es, seine Kiefer bewegten sich und die Wangen zitterten. Man konnte sehen, wie sehr ihn das, was ihm durch den Kopf ging, zu schaffen machte.

»Ben und Jo machen sich große Sorgen um deine Sicherheit. Sergej wird versuchen, dich zu töten, ehe deine Erinnerung zurückkehrt. Du kennst den Namen des Verräters.«

»Der Verräter ...?«

»Ist einer von uns. Ja. Nicht zu glauben, oder?«

»Sergej?«

»Haben dir Ben und Jo nichts über den Auftrag gesagt? Nein? Ok, also hör zu. Sergej ist ein russischer Waffenhändler, ehemaliger KGB-Offizier mit Beziehungen nach ganz oben. Ein Dreckschwein der übelsten Sorte, absolut skrupellos und bösartig. Der tötet aus Vergnügen, einfach nur so. Am liebsten quält er Gefangene oder foltert Frauen, ein perverser Sadist, der schlimmer ist als jeder Psychopath, der mir je begegnet ist.«

»Hat er ...?«

»Soweit ich weiß, war er es nicht persönlich. Obwohl er dich am liebsten eigenhändig in Stücke gerissen hätte. Davon habe ich ihn abhalten können. Leider bin ich zu spät gekommen, nachdem er dich hat wegbringen lassen.«

»Du hast mir ... geholfen?«

»Ich wollte es, aber es hat eine Weile gedauert, bis ich unbemerkt verschwinden konnte. Seine Killer hatten dich bereits ziemlich übel zugerichtet. Noch bevor ich sie erschießen konnte, ist das SEK aufgetaucht, und die Typen sind getürmt. Wie hast du es nur geschafft, Jo anzurufen?«

»Keine Ahnung.«

»Ist jetzt auch nicht wichtig.«

»Was wird jetzt ... mit dir?«

»Ich gehe zurück zu Sergej. Die Killer haben mich nicht gesehen und die Polizei wird überall bekannt geben, dass man mich als Verdächtigen festgenommen hat. Sergej weiß bereits Bescheid. Ich habe ihm gesagt, ich hätte nachsehen wollen, ob du auch wirklich tot bist, als die Kollegen kamen und mich überrascht haben. Er hegt keinen Verdacht gegen mich. Seine Anwälte sind schon aktiv geworden.«

»Wenn er dich hier findet …?«

»Ben und Jo haben verlauten lassen, dass ich an einem geheimen Ort streng bewacht werde, bis geklärt ist, ob ich mit der Sache zu tun habe. Die suchen mich garantiert nicht hier. Wahrscheinlich gehen sie davon aus, dass du in der anderen

Klinik im Norden der Stadt bist. Normalerweise kommen Patienten mit Hirntraumata dort in die Intensivstation. Ben hat ein Double dort eingeschleust und Polizisten dort postiert.«

»Aber hier doch auch?«

»Die Kollegen hier sind alle in zivil, die meisten sind Frauen, die als Ärztinnen oder Krankenschwestern auftreten. Selbst wenn er hier nach dir suchen lässt, wird es schwer für ihn sein, dich erledigen zu lassen. Solange du in dieser Klinik bist, wird das Personal auf der Intensivstation nicht gewechselt. Jeder Fremde fällt sofort auf. Aber irgendwann wird er natürlich dahinter kommen, das steht fest. Bis dahin musst du hier heraus sein. Wir brauchen den Namen dieses Mannes.«

»Des Verräters?«

»Ja. Wir haben keine Ahnung, wer es ist. Sicher ist nur, dass er ein Mann ist und Zugang zu fast allen Informationen in der Abteilung hat. Nur an die Daten von Ben und Jo ist er nicht herangekommen, zumindest nicht in den ersten Monaten. Irgendwie hat er dann aber doch herausbekommen, dass du vom BKA bist.«

»Und du?«

»Keine Sorge. Der Verräter hat nichts gemerkt. Ich wusste ja

selbst nicht, dass wir Kollegen
sind.«

»Wieso das?«

»Ben und Jo dachten, es ist
sicherer, wenn wir nichts von-
einander wissen, falls einer von
uns erwischt wird. Na ja, als ich
mitbekommen habe, dass sie
dich umbringen wollen, weil du
vom BKA bist, habe ich versucht, dich zu retten. Leider hat
es nicht geklappt.«

»Doch ...«

»Ich meine ... Ach, vergiss es!
Wichtig ist nur, dass du am
Leben bist. Als du auf die
Reanimation nicht reagiert hast,
dachte ich schon, es ist aus. Du
hast mir echt einen gehörigen

Schrecken eingejagt. Wahrscheinlich habe ich mich einfach zu blöd angestellt, schließlich habe ich nie zuvor versucht, jemanden ins Leben zurückzuholen.«

»Das warst du?«

»Ja. Zumindest am Anfang, bis der Doc des SEK da war. Vielleicht hätte ich deine Amnesie verhindern können, wenn ich nicht so ...«

»Schon ok ... Du hast mich gerettet. Danke.«

»Gibt es irgendetwas, das du wissen möchtest? Vielleicht erinnerst du dich, wenn wir über Sergej reden.«

»Was war ich? Hure?«

»Nein, du bist als Model bei ihm eingeschleust worden.«

»Model?«

»Sergej steht auf Models und du ... siehst einfach klasse aus. Kein Wunder, dass er dir auf den Leim gegangen ist. Du warst tausend Mal besser, als diese hirnlosen Schlampen, die er sonst abschleppt.«

Chris lachte leise.

»Was ist?«, fragte Vanessa.

»Ich habe dich auf den ersten Blick gehasst. Du warst so arrogant und asozial, ich hätte dich killen können. Deine Tarnung war einfach perfekt. Kein Mensch wäre je auf die Idee gekommen, dass du eine Agentin bist, wenn nicht dieser Scheißkerl deinen Namen erfahren hätte.«

»Wie hat er ...?«

»Das weiß eben niemand, das ist ja das Problem.«

»Chris ... Habe ich mit Sergej ... geschlafen?«

»Du warst seine Geliebte. Fast ein Jahr lang.«

Chris sah sie voll Mitleid an, anscheinend war er sich einen Augenblick nicht sicher, ob er weiterreden sollte.

»Du hast ihn ganz schön verrückt gemacht. Das war ein offenes Geheimnis, seine Leute haben von nichts anderem gesprochen.«

Vanessa sah Chris fragend an.

»Du hast ... Talente, die man dir gar nicht zugetraut hätte. Wie gesagt, Sergej ist ein perverses Sadistenschwein, er hat schon viele Nutten mit seinen abartigen Spielchen derart erschreckt, dass sie mitten in der Nacht abgehauen sind. Bei dir war das anders. Je verrückter er sich aufgeführt hat, desto mehr hat es dir Spaß gemacht.«

Beide schwiegen einen Moment, Vanessa, weil sie nicht glauben konnte, was sie gerade erfahren hatte, und Chris, weil er sich offenbar an etwas erinnerte, das ihn sehr beeindruckt hatte.

»Was war mein ... Auftrag? Mord?«

»Nein, es war eine Maulwurfsjagd. Du solltest den Namen des Verräters ausfindig machen. Wir haben schon fast ein Dutzend Leute wegen dem Verräter verloren, ständig ist uns Sergej einen Schritt voraus. Und jetzt geht es um diesen Bio-Waffen-Deal. Ja, du hast richtig gehört. Bio-Waffen. Dieser Arsch hat vor, eine Bombe an Terroristen im Nahen Osten zu liefern, mit der sie eine ganze Stadt verseuchen können, bevor man irgendetwas dagegen unternehmen kann. Wir sind ganz nahe an ihm dran, aber er entkommt uns immer wieder, weil alle unsere Agenten enttarnt und liquidiert werden, noch ehe sie herausfinden können, wer seine Mittelsmänner und Geschäftspartner sind.«

»Bist du auch deswegen bei ihm?«

»Ja. Seit du aufgeflogen bist, bin ich wieder der einzige Agent bei Sergej.«

»Wie lange schon ...?«

»Ich bin jetzt drei Jahre bei ihm.«

»Drei Jahre!«

»Verdammt lange Zeit, da hast du recht. Ich verdanke es nur Ben, dass ich nicht schon längst tot bin, wie die anderen. Er ist mein Kontaktmann und redet mit niemandem über meinen Einsatz. Das ist wahrscheinlich der einzige Grund, warum ich noch nicht enttarnt worden bin. Der Verräter hat nie von mir gehört. Bis jetzt. Seit er dich hochgenommen hat, geht mir allerdings der Arsch auf Grundeis. Jo hat nie über dich geredet. Nur mit Ben, und der hält die Klappe. Trotzdem ...«

»… hat er es erfahren.«

»Richtig.«

»Also Jo«, flüsterte Vanessa nachdenklich.

»Spinnst du?«, protestiere Chris.

»Der Mann ist absolut koscher. Wenn du dich wieder an alles

erinnerst, wirst du verstehen, wie lächerlich dieser Gedanke ist. Jo würde sein Leben für uns riskieren, ohne zu zögern.«

»Nicht Jo selbst. Es muss jemanden geben ...«

Chris sah Vanessa aus großen Augen an.

»Verfluchte Scheiße, du könntest recht haben! Ich werde Jo und Ben Bescheid geben, damit sie die Leute in Jos Umgebung gründlich unter die Lupe nehmen. Es muss einer seiner engsten Mitarbeiter sein. Na klar! Das erklärt, warum sie alle gefunden haben, nur mich nicht. Jo und Ben reden mit niemandem über mich, dessen bin ich mir sicher. Und so war es auch bei dir. Aber irgendjemand hat deinen Namen gehört oder gelesen. Wir müssen überprüfen, wer dafür in Frage kommt. Ich muss los. Sobald ich mit Jo und Ben geredet habe, komme ich wieder. Hab keine Angst, unsere Leute lassen keinen durch zu dir. Hier bist du sicher.«

»Ich weiß.«

Vanessa wünschte, sie könnte glauben, was sie da gerade gesagt hatte. Die Wahrheit war jedoch, dass sie Todesangst hatte. Sie konnte sich noch immer nicht erinnern, aber die Worte von Chris hatten sie regelrecht in Panik versetzt. Das, was tief in ihrem Inneren verschüttet lag, war offenbar eine Wahrheit, die schlimmer war, als alles, was ihre Kollegen für möglich hielten. Die Identität des Mannes, den alle suchten, musste ihr bekannt sein. Sie war sicher, dass sie den Verräter kannte. Vanessa hatte ihn enttarnt und war dabei selbst entdeckt worden. Aber warum hatte sie seinen Namen nicht einfach am Telefon preisgegeben, als sie Jo alarmiert hatte. Das ergab doch alles keinen Sinn, es sei denn ...

Verrat

Warum sollte Jo so etwas tun? Vanessa schloss die Augen und tauchte tief hinab in die Finsternis in ihrem Inneren. Die Antwort befand sich dort irgendwo, und sie musste sie finden, ehe noch mehr Agenten starben. Das Problem war nur, dass sie noch immer verwirrt war und mit ihrer neuen Identität nicht viel anzufangen wusste. Doch die Leichtigkeit, mit der sie vieles von dem, was man ihr erzählt hatte, akzeptierte, überzeugte sie davon, dass es die Wahrheit war. Dazu kam die Kenntnis von

Dingen, die kein »normaler« Mensch wusste. Ihr Wissen um die menschliche Anatomie und die Möglichkeiten, einen Gegner mit bloßen Händen kampfunfähig zu machen. Nicht weniger mysteriös erschien ihr die Fähigkeit, sich Details zu merken. Trotz Kopfschmerzen und Amnesie waren ihr die Details der Gespräche mit Chris, Jo und Ben im Gedächtnis geblieben.

Wenn sie die Augen schloss, sah sie ihre Gesichter vor sich und erinnerte sich an jede Kleinigkeit, egal, ob Gesten oder Mimik. Man hatte sie geschult, auf diese Dinge zu achten. Das war vermutlich lebensnotwendig, wenn man als Agent tätig war.

Nur eine Sache konnte sie überhaupt nicht mit sich in Einklang bringen. Chris hatte erwähnt, dass sie ein ziemlich ungewöhnliches sexuelles Verhältnis mit diesem Sergej gehabt hatte. Wenn er Sadist war, musste sie eine Masochistin sein. Und das passte ganz und gar nicht zu ihr. Sie wusste nicht, wieso, aber etwas in ihr sträubte sich dagegen. Vanessa würde mit Jo und Ben darüber reden. Vorerst dachte sie an ihre Brüste und ihren Unterleib.

Der Anblick war grauenvoll gewesen. Man hatte sie besonders an diesen Stellen gequält und gefoltert, man hatte sie an Händen und Mund misshandelt. Jeden Körperteil, der für einen dominanten Mann primär von Interesse war, hatte man verunstaltet und zu verstümmeln versucht.

Diese Gedanken gingen ihr immer wieder durch den Kopf. Müsste sie als Masochistin nicht anders reagieren auf so einen Anblick? Chris hatte ihre lückenlose Tarnung erwähnt und angedeutet, dass sie ihre Rolle als Geliebte perfekt gespielt hatte.

War es tatsächlich möglich, eine Masochistin nur zu spielen?

Der Mann war gefährlich und sie hatte das von Anfang an gewusst. Als sie aufgewacht war, hatte sie sich gefürchtet, als sie glaubte, sich in der Gewalt eines Unbekannten zu befinden, und jetzt sollte sie eine Frau gewesen sein, die sich freiwillig einem Psychopathen ausgeliefert hatte? Es schien ihr absurd.
Sie besaß das Wissen und die Fähigkeiten eines Killers, einen logisch arbeitenden Verstand, und, nach allem, was Chris ihr erzählt hatte, wohl auch ein hohes Maß an Mut und Kaltblütigkeit. Hätte Chris ihr offenbart, dass sie als Domina den Mafiaboss um den Verstand

gebracht hatte, wäre es einfacher für sie gewesen, die Wahrheit zu akzeptieren. So aber weigerte sich alles in ihr, zu glauben, was sie über sich erfahren hatte. Ein leises Hüsteln riss sie aus ihren Grübeleien. Sie hatte gar nicht gemerkt, wie Evi in Begleitung einer Frau das Zimmer betreten hatte.

»Hallo«, sagte die Frau im Arztkittel. »Mein Name ist Sabine Haller. Ich bin eine Kollegin von Ihnen. Jo hat mich gebeten, das hier vorbei zu bringen.«

Die junge, blonde Frau hielt ihr einen DIN A 4 - Umschlag hin und lächelte verlegen. Als

Vanessa nicht reagierte, senkte sie den Arm wieder.

»Können Sie Ihre Arme noch nicht bewegen?«, fragte die Krankenschwester.

»Nein.«

»Ok. Kein Problem«, sagte Sabine rasch. »Ich zeige Ihnen die Fotos.«

»Warten Sie noch«, bat Vanessa und sah hinüber zu Evi.

Sabine verstand sofort und schloss den Umschlag wieder. Erst als die Krankenschwester gegangen war, zog sie ein Dutzend Fotografien hervor und trat einen Schritt näher an Vanessa heran.

»Schauen Sie sich die Personen auf den Fotos ganz genau an. Ben und Jo meinten, es würde Ihnen helfen, sich zu erinnern. Achten Sie auch auf die Umgebung, die Gebäude, die Autos, die Pflanzen. Vielleicht erkennen Sie irgendetwas wieder.«

»Ok.«

Auf dem ersten Foto war ein SUV, drei Männer und eine Frau zu sehen. Sie standen vor einer Garage. Die Frau war groß, schlank, hatte langes, dunkles Haar und wunderschöne Beine. Sie trug einen Minirock, ein bauchfreies Top und hochhackige Schuhe. Einen Augenblick hielt Vanessa den Atem an. Diese Frau war niemand anderer als sie selbst.

Als sie sich an ihr Bild im Spiegel erinnerte, traten ihr die Tränen in die Augen. Sabine zog ein Papiertaschentuch aus der Tasche und trocknete Vanessa die Augen.

»Geht es wieder?«

»Zeigen Sie mir bitte ... das Bild noch einmal.«

Sabine hielt es erneut hoch.

»Welcher ist Sergej?«

»Der Mann links von Ihnen«, antwortete Sabine.

Er war ein Riese, breite Schultern, großer, fast quadratischer Kopf, ein Nacken wie ein Stier.

Seine Physiognomie ähnelte der eines Schwergewichtsboxers oder eines Catchers. Der dunkle dreiteilige Anzug wirkte irgendwie deplatziert. Auf den ersten Blick wirkte er wie ein Leibwächter, nicht wie ein Gangsterboss.

»Die beiden anderen?«

»Einer ist der Fahrer, der andere ist Sergejs rechte Hand. Ivan, »der Terminator«.

»Haben Sie Fotos von Sergejs Gesicht?«

»Natürlich ... warten Sie. Hier!« Vanessa hielt einen Augenblick den Atem an. Dieses Gesicht verursachte ihr eine Gänsehaut. Ihr Herz begann zu pochen, sie spürte, wie ihr regloser Körper mit Adrenalin geflutet wurde, ihre Hände zuckten. Es war, als hätte sie jemand mit einem Stromstoß zum Leben erweckt.

»Erkennen Sie ihn?«

»Nein, nicht … erkennen, aber ich … weiß …«

»Was meinen Sie?«

»Er ist der Mann, der … mir Angst macht.«

»Ich verstehe. Es tut mir leid.«

»Schon ok«, sagte Vanessa leise und richtete ihren Blick erneut auf dieses brutal wirkende Gesicht mit dem großen Mund und der fast schon winzigen, breiten Nase.

In den Augen lagen so viel Hass und Verschlagenheit, dass

Vanessa sich unwillkürlich die Frage stellte, wie sie es geschafft hatte, über Monate hinweg die Geliebte dieses Mannes zu sein.

»Das nächste Bild.«

Es war eine weitere Großaufnahme von Sergej und ihr, diesmal sah man den Kopf und die Brust von ihm und ihren Kopf, den sie an seine Schulter gelegt hatte.

Eine Hand ruhte auf ihrem Nacken, die andere griff nach einer Zigarre, die er mit wölfischem Grinsen zwischen gewaltigen Zähnen hielt. Diese Geste zog ihre ganze Aufmerksamkeit auf sich. Es war weniger die Hand, als vielmehr die schräg nach oben aufragende Zigarre und der Ausdruck von Zufriedenheit in seinem Gesicht.

»Weiter.«

Man sah Sergej und einen weiteren Mann in Liegestühlen neben einem Pool, der »Terminator« stand im Hintergrund bei einer Hausangestellten in schwarzer Dienstmädchenuniform, sie selbst saß nackt vor den Männern am Beckenrand. Vanessa sah genauer hin.

War sie wirklich nackt?

Dem Licht nach zu urteilen, musste es helllichter Tag gewesen sein. Aber es war kein Bikini-Höschen zu sehen und ihre Brüste waren deutlich zu sehen. Sie schien sie den beiden Männern in den Liegestühlen regelrecht zu präsentieren.

»Weiter.«

Auf dem nächsten Bild erkannte sie als Erstes Chris.

Er stand neben Sergej und sah Vanessa mit finsterem Blick an. Sie redete mit dem Gangster und lachte dabei, auch Sergej schien bester Dinge. Wo sie waren, konnte man auf dem Bild nicht sehen, doch weckte das Foto Erinnerungen. Vanessa schloss die Augen. Da war etwas, ein Raum, hell, warm, voller Gegenstände, die im Sonnenlicht glänzten, ein Geräusch im Hintergrund, eine Berührung.

»Da ist eine Küche«, sagte Vanessa. »Irgendwo hinter Chris, man geht durch eine Glastür.«

»Gut«, sagte Sabine. »Sehr gut! Was sehen Sie auf diesem Foto?« Erneut waren Chris, Sergej und Sie zu sehen, daneben der »Terminator«. Sie stand vor einer Anrichte und füllte Gläser mit etwas, das vielleicht Whiskey war. Die Männer unterhielten sich. Vanessas Blick wurde von dem Mann ganz links magisch angezogen, Chris. Wieder tauchten Bilder vor ihrem inneren Auge auf, zusammenhanglose Eindrücke, Bruchstücke von etwas, das sie erregte und nervös machte, weil es Gefahr bedeutete. Sie und Chris. Da war etwas zwischen ihnen gewesen, was nicht hätte sein dürfen. Hatte nicht Chris zu ihr gesagt, dass er von ihrer wahren Identität nichts gewusst hatte? Konnte es sein, dass sie ein Liebespaar gewesen waren? Die Küche! Irgendetwas war in dieser Küche passiert. Der finstere Blick von Chris, er hasste Sergej, und zwar nicht nur aus beruflichen Gründen. Er hatte sein Leben für sie riskiert, weil sie sich liebten. Sie hatten sich an diesem Tag in der Küche getroffen.

»Erinnern Sie sich an etwas?«, fragte Sabine, die Vanessas

Gesicht aufmerksam betrachtete.

»Ja«, sagte sie. »Es betrifft Chris und mich. Ich befürchte, er ist … in ebenso großer Gefahr wie ich. Sagen Sie Ben, dass er ihn … auf gar keinen Fall zu Sergej zurückkehren lassen darf. Es wäre sein sicherer Tod. Sergej weiß etwas …«

»Was meinen Sie?«

»Das kann ich im Moment nicht genau sagen, aber Chris und ich haben … zusammengearbeitet. Kann Chris zu mir kommen?«

»Ich rede mit Ben. Da ist das nächste Bild.«

Vanessa seufzte. »Später. Lassen Sie die Fotos bitte hier. Holen Sie Chris, es ist wichtig.«

»Wie Sie meinen.«

Sabine warf einen Blick auf ihr Handy, dann ging sie einige Schritte in Richtung Tür. Mit der Klinke in der Hand wandte sie sich noch einmal um.

»Machen Sie sich keine Sorgen, wir passen auf Sie auf. Ich werde jetzt gleich mit Ben reden wegen Chris. Es wird alles gut.«

Sie zögerte kurz, dann verschwand sie. Vanessa lag wie versteinert in ihrem Bett, sah zur Decke empor und konnte nicht glauben, woran sie sich eben zu erinnern glaubte. Sie und Chris waren wahrscheinlich ein Paar gewesen. Sie hatten Sergej in dessen eigenem Haus zum Narren gehalten.

Warum hatte Chris das nicht erwähnt?

Hatte er sie schonen wollen? Sie musste unbedingt mit ihm reden.

Erinnerungen

Doch er kam nicht. Niemand kam. Nur Schwester Evi sah regelmäßig nach ihr und überprüfte die Fortschritte ihrer Genesung. Als es Abend wurde, konnte sie ihre Beine und Arme wieder einigermaßen bewegen und auch den Kopf, doch das war wegen des Verbands schwierig. Gegen 23 Uhr saß sie wach in ihrem Bett, den Rücken gegen zwei große Kissen gelehnt, und betrachtete ihr Spiegelbild. Sie war noch schwach und der Spiegel zitterte, doch sie ließ ihn nicht sinken, auch wenn ihr

Anblick sie erschreckte. Wieder versuchte sie, dieses Spiegelbild mit dem Gesicht auf den Fotos in Einklang zu bringen, wieder gelang es ihr nicht, so sehr hatte man sie entstellt. Und nun glaubte sie auch zu wissen, warum. Es ging nicht nur um den Verrat, es ging um Eifersucht.

Sie dachte an Chris. Mit ihm kamen die Erinnerungen zurück, nicht mit Sergej. Dessen Anblick hatte ihr zwar Angst eingeflößt und dunkle Ahnungen in ihr geweckt, aber er hatte nicht dieselbe Wirkung auf ihr Unterbewusstsein wie Chris. Vanessa ließ den Spiegel sinken und schloss die Augen. Nur langsam wich die Nervosität von ihr. Seit sie das Bewusstsein wieder erlangt hatte, war ihr Leben ein einziger Alptraum. Zuerst diese wie aus dem Nichts kommende panische Furcht davor, einem Fremden ausgeliefert zu sein, dann die ebenso überraschende Mitteilung, dass sie eine BKA-Undercover-Agentin war, zuletzt die plötzliche Erkenntnis, dass sie ein Verhältnis mit ihrem Kollegen Chris gehabt haben musste, obwohl sie die Geliebte eines skrupellosen, brutalen Waffenhändlers war.

Sie wunderte sich selbst über die Art und Weise, wie sie mit diesen Informationen umging. Andere hätten in diesem Zustand Wochen gebraucht, um damit fertig zu werden. Sie akzeptierte die Fakten innerhalb weniger Stunden. Auch das war für sie ein Beweis dafür, dass alles stimmen musste, was man ihr gesagt hatte. Nur ein gut aus-gebildeter, erfahrener Profi würde in einer solchen Situation einen kühlen Kopf bewahren. Und sie war ruhig, auch wenn in ihr ein Orkan widersprüchlicher Emotionen tobte.

Vanessa hatte noch immer Angst davor, wieder in die Gewalt dieses Mannes zu geraten. Ihre angeblich masochistisch-devote

Veranlagung machte sie nach wie vor ratlos und verwirrte sie mit jeder Minute mehr. Und die Gefühle, die Chris in ihr hervorrief, konnte sie weder erklären noch beschreiben.

Irgendwann schlief sie ein. Das Letzte, was sie wahrnahm, war das Gesicht von Evi, die sich über sie beugte, das Kopfteil ihres Bettes nach unten fuhr und ihr den Spiegel abnahm. Dann glitt sie hinab in die Finsternis ihres Unterbewusstseins.

Wieder war es Chris, dessen Gesicht sie als Erstes sah. Sie befanden sich in einer Kammer oder einem Keller. An der Wand erkannte sie so etwas wie Heizungsrohre, dahinter weiße Fliesen. Alles wirkte schmutzig und alt, aber das lag vielleicht an dem eigenartigen gelblichen Licht, das von rechts kommend den Raum erfüllte.

Sie lag auf einer übel riechenden Matratze, hörte die Federn des Bettes bei jeder Bewegung quietschen, und blickte auf ihren vollständig entblößten Unterleib. Man hatte ihre Beine gespreizt und nach hinten gebogen. Die Knöchel waren wie ihre Handgelenke an den Gitterstäben am Kopfteil des Bettes fixiert.

Was sie fühlte, war so widersprüchlich, dass sie es nicht so richtig erfassen konnte. Einerseits hatte sie panische Angst, andererseits schien sie ungeduldig auf etwas zu warten. Dann beugte sich Chris über sie.

Vanessa hörte sich im Traum schreien und wachte auf. Ihr Herz raste wie wild, Schweiß stand auf ihrer Stirn, ihre Hände zitterten. Das konnte doch nicht sein!

Stimmte es tatsächlich?

Hatte sie sich wirklich auf diese Weise Männern ausgeliefert? Sie verlor jedes Zeitgefühl. Irgendwann schlief sie wieder ein. Und wieder erschien Chris.

Dieses Mal war sie nicht gefesselt.

Sie stand an einer Tür und horchte. Die Stimme ihres Kollegen war zu hören, dann eine weitere Stimme, tief und bedrohlich.

Sergej.

Die beiden schienen zu streiten, der Gangster war außer sich, schlug immer wieder mit der Faust auf den Tisch und warf Gegenstände zu Boden oder an die Wand. Er brüllte wie ein Stier und schrie immer wieder, er werde sich rächen.

Vanessa spürte die Angst, die sie in diesem Moment empfunden hatte, erneut in sich aufsteigen. Doch dann geschah etwas, das sie sich nicht erklären konnte.

Plötzlich befand sie sich an einem anderen Ort. Sie trug dieselbe Dienstmädchenuniform wie die Frau auf dem Foto und servierte Sergej und drei anderen Männern Getränke.

Einer davon war Chris.

Er war der Einzige, der finster dreinblickte und sie feindselig musterte. Die anderen waren bester Laune, vor allem Sergej.

Der Riese zog sie zu sich heran und griff sich ganz ungeniert eine ihrer Brüste. Da erst wurde Vanessa klar, dass sie fast vollständig nackt war. Diese Uniform bedeckte kaum ihren Hintern und schien eine brustfreie Strapscorsage zu sein. Vanessa wollte nicht wissen, warum sie dieses Kostüm trug und versuchte, aufzuwachen. Doch es gelang ihr nicht. Sergej hatte sie fest im Griff und drückte sie nach unten vor den Augen der anderen Männer.

Das Schlimmste in diesem Augenblick war das Wissen um die Anwesenheit von Chris. Dann wurde es dunkel.

»Vanessa?«, flüsterte Chris. »Aufwachen!«

Langsam öffnete sie die Augen und erkannte ihren Kollegen, der auf sie herab lächelte. Ein Gefühl der Scham ergriff von ihr Besitz. Die Erinnerung an die eben im Traum erlebte Szene schnürte ihr die Kehle zu.

»Guten Morgen«, sagte er. »Wie geht es dir? Es tut mir leid, dass ich dich wecken musste, aber die Zeit drängt.«

»Schon ok«, murmelte sie schläfrig.

»Wie viel Uhr ist es?«

»Acht. Sabine hat gesagt, du hättest Informationen für mich?«

»Ja. Ich glaube, du bist in Gefahr.«

»Warum das denn?«

»Sergej weiß von … unserem Verhältnis.«

Chris schwieg einen Moment, seine Miene wurde ernst.

»Was weiß er?«

»Das wir ... uns heimlich getroffen haben. Ich habe geträumt. Von der Küche, dem Kostüm ...«

»Welchem Kostüm?«
»Dem Dienstmädchenkostüm.«
»Ich verstehe«, sagte Chris.
»Hilf mir«, bat Vanessa. »Was genau war zwischen uns?«
»Wir ... haben uns heimlich getroffen. Ich habe dir einfach nicht widerstehen können. Du warst ... bist so unglaublich sinnlich und attraktiv. Und dann deine ...«
»Meine was?«
»Deine Bereitschaft, alle Wünsche zu erfüllen, die ein Mann haben kann. Genau deswegen

bist du so nahe an Sergej herangekommen. Er war verrückt nach dir. Ich auch ...«

Er senkte den Blick.

»Aber wir sind Kollegen. Wir haben die Mission gefährdet.«

»Ich wusste doch nicht, dass du eine Agentin bist. Du hast mir nie etwas gesagt. Für mich warst du die Geliebte von Sergej. Erst an dem Tag, als er dich töten lassen wollte, habe ich erfahren, dass wir Kollegen sind.«

»Ich verstehe nicht, warum ich es getan habe.«

»Was?«

»Ich meine ...«

»Ach so. Es hat dich erregt. Je ... härter, desto besser. Ich habe nie zuvor jemanden wie dich kennen gelernt. Du hast mir gesagt, dass du es bei mir aus Liebe tust. Immer wieder hast du mir versichert, dass es bei Sergej nur ...«

»Nur?«

»... Zwang sei. Ich habe mich immer gefragt, was das bedeuten sollte. Du hast mir erklärt, du würdest es wegen des Geldes und dem ganzen Luxus machen, den er dir bieten würde. Angeblich wolltest du ihn benutzen, um aus dem Milieu auszusteigen. Du hast mir nie vertraut. Kein Wort über deine wahre Identität.«

»Wusste ich, wer du bist?«

»Nein. Für dich war ich einer von Sergejs Männern.«

»Und trotzdem haben wir ...?«

»Ja. Ich konnte dir nicht widerstehen.« »Ich kann mich erinnern, dass du wegen mir wütend warst.«

»Jedes Mal, wenn er dich genommen hat, hätte ich ihn am liebsten abgeknallt. Seine Arroganz hat mich angewidert.«

»Und warum warst du wütend auf mich?«

»Weil ... ich eifersüchtig war. Er hat dich vor unseren Augen benutzt und du hast es genossen. Zumindest habe ich das geglaubt.«

Vanessa schloss die Augen. Wieder sah sie sich gefesselt im Bett liegen. Sie hatte solche Fesselspiele genossen und sich auch Sergej in dieser Weise ausgeliefert. Warum dann dieses Gefühl von panischer Angst, wenn sie daran dachte, jemandem ausgeliefert zu sein? Da kam ihr ein entsetzlicher Gedanke.

»Als ich getötet werden sollte ...«

»Was meinst du?«

»Man hat mich gefoltert.«

»Ja. Es war nicht Sergej. Er hat zwei seiner Leute auf dich gehetzt. Sie sollten dich in Streifen schneiden. Er wollte, dass du langsam stirbst. Dieses miese Sadistenschwein hat befohlen, dich auf eine ganz bestimmte Weise zu quälen.«

»Meine Brüste und mein Unterleib?«

»Ja, dein Gesicht, dein Mund, deine Hände ... Alles an dir, was ihn verrückt gemacht hat, sollte verstümmelt werden.«

»Die Kopfverletzungen stammen von ihm?«

»Ja. Er hat getobt wie ein Verrückter. Aber Sergej hat es nicht zu Ende gebracht, weil du leiden solltest. Also hat er dich in diesen Keller bringen lassen.«
Die Heizungsrohre und die Fliesen, das komische Licht und die

stinkende Matratze! Aber was hatte Chris damit zu tun?

»Du hast mich in dem Keller gefunden?«

»Ja.« Chris atmete tief durch.

»Sie hatten dich an ein Bett gekettet. Deine Beine ...«

»Ich habe davon geträumt. Wo waren die Männer, als du gekommen bist?«

»Abgehauen! Sie hatten die Kollegen gehört und sind getürmt.«

»In meinem Traum war ich wach, als du gekommen bist ... und unverletzt.«

»Als ich dich gefunden habe, warst du nicht mehr bei Bewusstsein. Ich habe versucht, dich zu reanimieren. Vanessa, es tut mir leid, dass ich nicht schneller bei dir war.«

»Du hast mir das Leben gerettet, dafür bin ich dir ewig dankbar. Aber warum habe ich dann im Traum ...«

»Vanessa«, sagte Chris vorsichtig. »Es war eine deiner liebsten Positionen. Deswegen wollte Sergej, dass man dich genauso fesselt. Auch von mir wolltest du so genommen werden. Du hast im Traum wahrscheinlich mehrere Erinnerungen durcheinander geworfen. Man müsste die Ärzte fragen, was das bedeutet.«

»Wir haben uns auch in der Küche getroffen?«

»Ja. Aber wenn du gefesselt werden wolltest, mussten wir nach unten, in seine ›Folterkammer‹. Dort hat er alles, was dir gefallen hat. Ich war immer der Meinung, dass es verrückt ist, sich dort zu treffen, aber du wolltest es unbedingt. Vielleicht hast du deswegen diesen Traum gehabt. Die Wände der Folterkammer sind auch gefliest.«

Vanessa schwieg. Chris nahm ihre Hand in seine und streichelte sie vorsichtig.

»Ich liebe dich, Vanessa. Wenn du willst, bleibe ich bei dir.«

»Ja, bitte, tu das. Ich fühle mich besser, wenn du da bist. Ich habe das Gefühl, ich kann mich eher an die Vorfälle erinnern, wenn du bei mir bist.«

»Woran genau erinnerst du dich, außer an unsere Beziehung? Wer ist der Mann, der dich verraten hat?«

»Ich weiß es noch immer nicht.«

»Warum hast du Jo den Namen nicht genannt, als du ihn angerufen hast?«

»Wenn ich das wüsste! Ich muss ihn fragen, worüber wir geredet haben. Vielleicht kehrt dann die Erinnerung zurück. Ich bin si …«

Die Tür flog auf und Sabine stürmte herein. Sie hielt die Pistole in der Hand und atmete schwer.

»Sie sind hier! Jo ist tot. Man hat ihn unten in der Notaufnahme erschossen. Die Jungs haben ihn gerade eben in der Wäscherei gefunden. Wir wissen nicht, wo Sergejs Killer im Moment sind, aber sie werden garantiert hierher kommen. Vanessa muss sofort raus aus der Klinik!«

Die Wahrheit

Vanessa richtete sich mühsam auf den Ellbogen auf. Es ging nicht. Sie war zu schwach, um fliehen zu können. Chris sprang auf und holte einen Rollstuhl aus der Ecke des Zimmers.

»Hol sofort die Schwester her!«, befahl er Sabine.

Einen Moment später stand Evi kreidebleich an Vanessas Bett.

»Entfernen Sie die Infusionen! Schnell!«

»Aber sie braucht die …«

»Machen Sie schon! Ich übernehme die volle Verantwortung!«, knurrte Chris ungeduldig.

Evi warf einen ängstlichen Blick auf seine Pistole und gehorchte. Zusammen mit Chris setzte sie Vanessa in den Rollstuhl.

»Sie muss liegen!«, rief Evi. »Sie kann sich nicht halten, sehen Sie doch!«

»Gehen Sie mir aus dem Weg!«, zischte Chris wütend.

Dann wandte er sich an Vanessa.

»Es geht nicht anders. Wir müssen hier verschwinden, und zwar schleunigst. Die Killer können jeden Moment hier sein.«

»Ok«, stöhnte Vanessa und versuchte, ihren kraftlosen Körper irgendwie aufrecht zu halten.

»Sie bleiben hier!«, befahl Chris seiner Kollegin Sabine. »Knallen Sie jeden Unbekannten ab, der hier mit einer Waffe in der Hand hereinkommt. Ich schicke die Jungs hoch. Gehen Sie hinter dem Schrank dort in Deckung. Haben Sie Munition?«

»Ja.«

Sabine war anzusehen, wie sehr sie die Vorstellung entsetzte, Sergejs Killern in diesem Raum alleine gegenüberzustehen.

Die Flucht wirkte auf Vanessa wie ein weiterer Traum. Alles ging so schnell, dass sie gar nicht richtig mitbekam, was passierte. Chris rannte mit ihr die Flure entlang, betrat und verließ Aufzüge, wechselte von Stockwerk zu Stockwerk und betrat mit ihr schließlich eine Tiefgarage.

»Ich glaube nicht, dass uns jemand verfolgt. Wir haben es gleich geschafft. Wie geht es dir?«

»Alles ... ok«, stieß sie mit gepresster Stimme hervor. »Wo ist dein Auto?«

Chris antwortete nicht. Sie hörte ihn keuchen und schnaufen, als er sie im Laufschritt durch die Garage schob.

Plötzlich verkrampfte sich ihr ganzer Körper. Ihre Finger

schlossen sich fest um die Lehnen des Rollstuhls. Vor Schreck hielt sie den Atem an.

Eine Erinnerung blitzte auf.

Ein Auto.

Dieses Auto.

Der schwarze Van.

»Chris!«, rief sie voller Panik.

»Dreh um! Rasch! Da sind sie, der schwarze Van, das ist ihr Auto. Ich erkenne es wieder, damit haben sie mich in den Keller gebracht.«

Doch Chris rannte unbeirrt weiter auf den Van zu.

Da erkannte Vanessa die furchtbare Wahrheit.

»Du?«

Eine Ohrfeige nahm ihr beinahe die Besinnung. Sie war wie in Trance, als er sie mühelos aus dem Rollstuhl hob und in den Van legte. Dann verlor sie das Bewusstsein.

Als sie wieder erwachte, lag sie wieder auf einem Bett. Sie konnte sich kaum rühren. Unter Schmerzen legte sie das Kinn auf die Brust und sah an sich hinunter. Sie war vollständig nackt. Ihre Knöchel waren an die beiden unteren Bettpfosten gebunden, ihre Handgelenke am Kopfteil des Bettes fixiert. Chris hatte ihr alle Verbände abgenommen. Der Anblick ihrer Brüste verursachte ihr Übelkeit.

Das Ziehen und Brennen in ihrem Unterleib war unerträglich. Am schlimmsten war die Furcht. Deshalb also diese panische Angst bei dem Gedanken, jemandem ausgeliefert zu sein, ihm ausgeliefert zu sein. Da hörte sie ein Lachen.

»Dann wollen mir mal sehen, ob wir deiner Erinnerung auf die Sprünge helfen können«, sagte Chris höhnisch. »Du hast doch gesagt, meine Anwesenheit hilft dir, dich zu erinnern.«

»Du bist der Verräter!«, sagte sie fassungslos.

»Das hatten wir doch alles schon mal«, spottete er. »Leider sind wir bei unserer kleinen Unter-

haltung im Keller unterbrochen
worden.«

»Du mieses ...«

»Na, na, na! Willst du mich
schon wieder beleidigen? Immer
noch nichts dazu gelernt?«

Er hob zwei Brustklemmen in
die Höhe und ließ sie vor ihrem
Gesicht in der Luft baumeln.
Vanessas Körper versteifte sich.

»Erinnerst du dich?«

Sie schwieg und unterdrückte
ihre Panik so gut sie konnte.
Irgendwie musste sie Zeit gewin-
nen. Ihn in ein Gespräch verwi-
ckeln. Vanessa schwirrte der
Kopf.

»Ich bin nicht masochistisch, habe ich recht?«, fragte sie wütend. Chris lachte.

»Nicht unbedingt. Aber du bist eine gute Schauspielerin. Von Sergej hast du dich ...«

»Aber nicht von dir, stimmt's?«, unterbrach sie ihn.

»Siehst du diese kleinen Dinger hier?«, sagte er mit funkelnden Augen, nachdem er einen Augenblick lang zähneknirschend geschwiegen hatte. »Ich liebe sie. Und weißt du warum? Nein? Du kreischst immer so schön, wenn ich dich damit verwöhne. Wie wär's?«

»Was willst du eigentlich von mir?«

»Ich will wissen, wem du meinen Namen gesagt hast. Jo wusste nichts. Warum hast du ihm nichts gesagt? Du hast dich abgesichert. Womit? Gibt es Fotos? Filme? CDs? Irgendetwas hast du, und das will ich haben. Vor allem will ich wissen, für wen das Material bestimmt ist und wo es liegt.«

»Ich erinnere mich nicht.«

»Das ist aber schade. Dann will ich dir mal auf die Sprünge helfen. Als wir das letzte Mal miteinander geplaudert haben, hast du mir mit dem, was du hast, gedroht. Du sagtest, du hast etwas, das im Falle deines Todes an jemanden im BKA geschickt wird. Leider wurden wir unterbrochen, ehe du ...«

»Deswegen hast du mich nicht endgültig umgebracht!«, stieß Vanessa hervor. »Du hattest Angst, aufzufliegen.«

»Wann hast du das BKA alarmiert? Warum wussten die, wo wir sind? Wieso hast du ihnen nicht meinen Namen verraten? Mach endlich dein Maul auf!« Chris verlor die Geduld. Es war unübersehbar, wie nervös er war.

»Ich habe keine Ahnung. Aber diese beiden Killer, die mich gefoltert haben, gibt es nicht, oder? Du hast das selber machen wollen, weil ich dich abgewiesen habe. Ich habe dich nicht rangelassen und deswegen …«

»Aber leider warst du dumm genug mir die Wahrheit zu sagen, nachdem du entdeckt hast, dass ich auch für das BKA arbeite.«

»Was?«

Vanessa war schockiert bei der Vorstellung, dass sie sich selbst ans Messer geliefert hatte.

»Da staunst du, nicht wahr? Die Superagentin hat sich selbst gefangen.«

»Das ist nicht wahr! Du lügst!«

»Warum sollte ich? Denk einfach mal nach! Du warst Sergejs Geliebte, er war verrückt nach dir und hat dich näher an sich herangelassen als jeden anderen Menschen. Du warst perfekt. Zu perfekt. Damals in der Küche hast du mich enttarnt. Ich hatte gerade Kontakt aufgenommen mit Ben.«

Vanessa setzte alles auf eine Karte.

»Es war wegen der Szene am Pool. Ich erinnere mich. Ich war nackt. Hat er mich genommen? Vor deinen Augen? Habe ich es gcwollt?«

»Du hast ihn provoziert, du dreckige Nutte, bis er über dich hergefallen ist. Und dann hast du mich ausgelacht, während er es dir besorgt hat.«

»Und dich habe ich abblitzen lassen. Am selben Tag, kurz zuvor?«

»Dir wird das Grinsen noch vergehen. Du wirst mich nie wieder verspotten. Jetzt bin ich am Zug. Denkst du wirklich, ich lasse mich von sowas wie dir verarschen? Du hast mir in der Küche gesagt, wer du bist, als ich auf dich losgehen wollte. Ich hätte dich beinahe abgestochen.«

»Warum hast du es denn nicht getan?«, sagte Vanessa mit spöttischem Ton. »Angst vor Sergej?«

»Haha«, lachte er und fletschte die Zähne zu einem wölfischen Grinsen.

»Das hättest du wohl gern, du Schlampe. Du hast mir gesagt, was dein Auftrag ist und wolltest wissen, was ich herausgefunden habe. Da ist mir klar geworden, dass ich dich benutzen kann.«

»Aber etwas ist schiefgegangen«, mutmaßte Vanessa.

»Schluss jetzt!«, schrie er. »Wo hast du das Zeug versteckt?«

»Du hast dich an mich rangemacht, habe ich recht? Deswegen bin ich dir auf die Schliche gekommen. Du wolltest mich unbedingt haben. Aber ich habe dich nur ausgela ...«

»Nein, das hast du nicht! Du verkommenes Dreckstück hast

ganz schön blöd geglotzt, als er
dich mir überlassen hat.«
Vanessa überlegte kurz, ob das
eine Lüge sein könnte. Doch
dann erkannte sie die Wahrheit.
»Aber ich wusste anschließend
…«
»Einen Scheiß hast du gewusst!«,
brüllte er.
»Ich habe dich nicht rangelassen.«
Chris versetzte ihr eine Ohrfeige.

»Halts Maul!«
Jetzt begriff Vanessa, was gesche-
hen war.
Chris hatte sie so sehr begehrt,
dass er mit Sergej einen Handel
geschlossen hatte, nur um sie zu

bekommen, und der Gangster war darauf eingegangen, weil Chris so gute Arbeit für ihn leistete. Zweifellos hatte sie eins und eins zusammengezählt und rasch verstanden, warum Sergej es zugelassen hatte.

»Ich frage dich jetzt zum letzten Mal«, drohte er. »Wo ist das Material und wem soll es zugespielt werden?«

»Ich erinnere mich nicht!«

»Wie du willst. Vielleicht schaffen wir es ja, deine Erinnerungen damit etwas aufzufrischen.«

Er öffnete eine der Brustklemmen und näherte sich damit Vanessas linker Brustwarze. Sie biss die Zähne zusammen in Erwartung eines unerträglichen Schmerzes. Dann ging alles sehr schnell.

»Hände hoch und keine Bewegung!«, schrie Sabine.

Chris fuhr herum und ließ die Brustklemmen fallen. Hinter Sabine erschienen drei weitere Männer mit Pistolen. Dann betrat Ben den Raum. Er ging auf Chris zu und blieb in etwa zwei Metern Entfernung stehen. Langsam hob er den Arm und zielte auf Chris' Kopf.

»Holt sie da raus!«, befahl er den Männern. »Und du, Chris, solltest dich besser nicht bewegen.

Es wäre mir ein Vergnügen, dich hier und jetzt zu exekutieren.«

»Ben ...«

»Spar dir deine Erklärungen. Jo hatte recht. Du warst der einzige Verdächtige. Deswegen habe ich auch zugestimmt, als Jo darauf bestanden hat, dass Sabine in Vanessas Krankenhemd einen Peilsender anbringt.«

Ben deutete auf das weiße Hemd, das neben dem Bett lag, auf das Chris seine Gefangene gelegt hatte.

»Als man Jo gefunden hat, war klar, dass du der Maulwurf bist. Er hat mir kurz vorher noch gesagt, er wolle sich mit dir treffen. Du warst unvorsichtig, Chris.«

»Ich ...«

»Schafft ihn weg!«

Ben verzog angewidert das Gesicht, dann ging er zu Vanessa, die inzwischen auf einer Krankenbahre lag.

»Wird es gehen, Vanessa?«

»Ja. Und Jo ist wirklich ...?«

Ben nickte.

»Es ist meine Schuld. Die Jungs bringen dich in eine andere Klinik, wo Sergej dich nicht vermutet. Wenn es dir besser geht, reden wir über alles.« »Ben, warum habe ich Jo damals den Namen nicht genannt?«

„Ich weiß es nicht.“

„Ok … Ben!“

„Ja?“

„Danke.“

Sie streckte die Hand aus.

»Ich habe dir zu danken«, sagte er mit einem müden Lächeln und berührte vorsichtig ihre zerschundenen Finger.

»Du hast uns den Verräter geliefert.«

ENDE